# LE
# DIX-HUITIEME SIECLE.

## SATIRE A M. FRÉRON.

### PAR M. GILBERT.

*Nouvelle Edition, revue & corrigée.*

Un Ecrit clandeftin n'eft pas d'un honnête homme,
Quand j'attaque quelqu'un, je le dois & me nomme.

GR...

## A AMSTERDAM.

## M. DCC. LXXVI.

# PRÉFACE.

LES Gens du monde semblent avoir fait une ligue avec nos prétendus Philosophes, pour décrier la satire. De nos jours on croit sans peine à la vertu d'un Auteur licencieux qui se déclare Athée ; mais on doute, au moins en apparence, qu'un Satirique puisse être honnête homme ; comme si la vie seule de Boileau ne suffisoit pas, pour démentir cette opinion affectée, moins outrageuse encore à sa mémoire, qu'à celle de Louis le grand, des Lamoignon, des Colbert, des Condé & de tant d'autres Personnages illustres qui l'honorèrent d'une estime particulière & de leurs bienfaits. Ces diffamateurs ont-ils oublié que ce Critique inexorable donna autrefois l'exemple d'un trait de générosité qu'ils ont loué avec enthousiasme dans une Souveraine.

Pour nous qui faisons gloire de cultiver après lui le seul genre de Poésie, dont l'utilité seroit vainement défavouée, malgré le respect que nous devons aux oracles des Novateurs du temps, appuyé de l'autorité d'un Ecrivain si judicieux, nous soutenons au contraire que quiconque blâme la satire, est un homme dupe des opinions d'autrui, un sot à prétentions ou une ame corrompue. Les citoyens vertueux, les esprits sains & vraiment éclairés, ne la redoutant pas, l'ont toujours approuvée. Leurs entretiens sont la censure continuelle des mœurs dépravées & du mauvais goût : le Satirique n'est en un mot que l'interprète de leurs plaintes ou de leurs jugemens.

Ce sont ces hommes dont le suffrage seul peut nous flatter, qui défendirent *le tableau du dix-huitième Siècle* du mépris dans lequel la cabale philosophique prétendoit

l'enfévelir. Leur indulgence encouragea nos faibles talens, & nous avons recueilli leurs voix, pour corriger cet
Ouvrage que nous foumettons une feconde fois à leurs
lumières. Malheur à nous, fi jamais nous défirions les ap-
plaudiffemens des Sophiftes modernes. Attaqués dans nos
vers, ils doivent armer contre notre vie la perfécution
& le menfonge : l'intolérance & le fanatifme fe font ré-
fugiés dans leur fecte. Mais nous oppoferons à leurs ca-
lomnies une conftance éprouvée. Le génie peut nous man-
quer & non le courage. Penfent-ils d'ailleurs que la honte
ou l'honneur des Gens de Lettres foient dans leurs mains?
Leurs impoftures ont-elles diffamé le Critique célèbre à
qui cette Satire eft adreffée? Tant qu'il a vécu, les ames
intègres que la contagion des mauvais principes n'a point
infectées, ont payé fes travaux d'une confidération flatteu-
fe. Maintenant que la mort vient de l'enlever à la Littéra-
ture, leurs regrets ne craignent pas d'éclater ; & nous
qu'il plaçoit au rang de fes amis, inconfolables de fa
perte, en voyant une foule de Gens de bien mêler har-
diment leurs pleurs aux nôtres, nous difons aux foi-di-
fans Philofophes : Calomniateurs ennemis de la fatire,
apprenez par cet exemple que vos cris & vos libelles ne
déshonorent que vous-mêmes.

## F I N.

# LE
# DIX-HUITIEME SIECLE.

## SATIRE A M. FRÉRON.

NE prétends plus, Fréron, par tes favants efforts,
Détrôner le faux-Goût, qui règne fur nos bords,
Depuis que nous pleurons l'Innocence exilée :
Sous tes mâles écrits, vainement accablée,
On voit renaître encôr l'Hydre des fôts rimeurs,
Et la chûte des Arts fuit la perte dès Mœurs.

   Un Monftre dans nos murs croît & fe fortifie,
Qui paré du manteau de la Phïlofophie,
Que dis-je ? de fon nom fauffement revêtu,
Etouffe les talens & détruit la vertu :
Dangereux novateur, par fon cruel fyftême,
Il veut du ciel défert chaffer l'Etre fuprême ;

A

Et du corps expiré l'ame éprouvant le fort,
L'homme arrive au néant par une double mort.
Ce monftre toutefois n'a point un air farouche ;
Toujours l'humanité refpire fur fa bouche ;
D'abord, de l'univers Réformateur difcret,
Il femoit fes écrits, à l'ombre du fecret,
Errant, profcrit par-tout, mais fouple en fa difgrace ;
Bientôt, le fceptre en main, gouvernant le Parnaffe,
Ce tyran des beaux-Arts, nouveau Dieu des mortels,
De leurs Dieux diffâmés ufurpa les Autels ;
Et lorfqu'abandonnée à cette Idolâtrie,
La France qu'il corrompt touche à la barbarie ;
Fidèle à nous vanter, fon Parti fuborneur
Nous a fermé les yeux fur notre déshonneur.

    « Quoi ! votre mufe en Monftre érige la Sageffe !
» Vous blâmez fes enfans, & leur crédit vous bleffe ;
» Vous, jeune homme ! Au bon fens avez-vous dit adieu ?
» Je foupçonne, entre nous, que vous croyez en Dieu ;
» Gardez-vous de l'écrire, & refpectez vos maîtres ;
» Croire en Dieu fut un tort permis à nos ancêtres ;
» Mais dans notre âge ! allons ; il faut vous corriger ;
» Eclairez-vous, jeune homme, au lieu de nous juger ;
» Penfez ; à votre Dieu laiffez venger fa caufe ;
» Si vous faviez penfer, vous feriez quelque chofe :
» Sur-tout point de fatire ; oh ! c'eft un genre affreux !
» Eh ! qui pût vous apprendre, Écolier ténébreux,

» Que des Mœurs, parmi nous, la perte étoit certaine ;
» Que les beaux-Arts couroient vers leur chûte prochaine ?
» Par-tout, même en Ruſſie, on vante nos Auteurs :
» Comme l'humanité règne dans tous les cœurs !
» Vous ne liſez donc pas le Mercure de France ?
» Il cite au moins, par mois, un trait de bienfaiſance ».
    Ainſi le grand Patos, ce Poète penſeur,
De la Philoſophie obligeant défenſeur,
Conſeille par pitié mon aveugle ignorance,
De nos Arts, de nos Mœurs garantit l'excellence ;
Et de ſon Plein Savoir, ſi je réplique un mot,
Pour prouver que j'ai tort, il me déclare un ſot.
    Mais de ces Sages vains confondons l'impoſture ;
De leur Règne fameux retraçons la peinture ;
Et que mes vers, enfans d'une noble candeur,
Eclairent les Français ſur leur fauſſe grandeur.
    Eh ! quel temps fut jamais en vices plus fertile ;
Quel ſiècle d'ignorance, en beaux faits plus ſtérile,
Que cet âge nommé Siècle de la Raiſon ?
Tout un monde ſophiſte, en ſtyle de ſermon,
De longs écrits moraux nous ennuye avec zèle ;
Et l'on prêche les mœurs, juſques dans la Pucelle ;
Je le ſais : mais, Ami, nos modeſtes ayeux
Parloient moins des vertus & les cultivoient mieux :
Quels Demi-dieux enfin nos jours ont-ils vu naître ?
Ces Français ſi vantés, peux-tu les reconnaître ?

Jadis Peuple-héros , Peuple-femme en nos jours ,
La vertu qu'ils avoient n'eſt plus qu'en leurs diſcours.
   Suis les pas de nos Grands : énervés de moleſſe ,
Il ſe traînent à peine , en leur vieille jeuneſſe ,
Courbés avant le temps , conſumés de langueur ,
Enfans efféminés de pères ſans vigueur ;
Et cependant , nourris des leçons de nos Sages ,
Vous les voyez encore , amoureux & volages ,
Chercher , la bourſe en main , de Beautés en Beautés ,
La mort qui les attend au ſein des voluptés ;
De leurs biens , prodigués pour d'infâmes caprices ,
Enrichir nos Phrinés dont ils gagent les vices ,
Tandis que l'honnête homme , à leur porte oublié ,
N'en peut même obtenir une avare pitié :
Demi-dieux avortés , qui , par droit de naiſſance ,
Dans les Camps , à la Cour , règnent en eſpérance ,
Quels ſuccès leurs talens ſemblent nous préſager !
Ceux-là font de leurs mains courir ce char léger
Que roule un ſeul courſier ſur une double roue ;
Ceux-ci ſur un théâtre , où leur mémoire échoue ,
En Bouffons-apprentifs défigurent ces vers
Où Molière prophète exprima leurs travers :
Par d'autres , avec art , une paume lancée ,
Va , revient , tour-à-tour pouſſée & repouſſée.
Sans doute c'eſt ainſi que Turenne & Villars
S'inſtruiſoient dans la paix aux triomphes de Mars.

La plupart, indigens au milieu des richesses,
Achetent l'abondance, à force de bassesses :
Souvent, à pleines mains, d'Orval sème l'argent ;
Par fois, faute de fonds, Monseigneur est Marchand :
Que dirai-je d'Arcas ? Quand sa tête blanchie,
En tremblant, sur son sein se panche appésantie ;
Quand son corps, vainement de parfums inondé,
Trahit les maux secrets dont il est obsédé ;
Scandalisant Paris de ses folles tendresses,
Arcas, Sultan goutteux, veut avoir vingt maitresses ;
Mais, en Fripon titré, pour payer leurs appas,
Arcas vend au Public le crédit qu'il n'a pas :
Digne fils d'un tel père, Alford chargé de dettes,
Met ses jeunes amours aux gages des coquettes :
Plus philosophe encor, d'Orimond ruiné
Epouse un équipage, en épousant Phriné.

    Qui blâmeroit ces nœuds ? L'himen n'est qu'une mode,
Un lien de fortune, un veuvage commode
Où chaque époux brûlé de coupables desirs,
Vit, sous le même nom, libre dans ses plaisirs.

    Vois-tu parmi ces Grands leurs compagnes hardies
Imiter leurs excès, par eux-même applaudies ;
Dans un corps délicat porter un cœur d'airain ;
Opposer au mépris un front toujours serein ;
Et du vice endurci témoignant l'impudence,
Sous leur casque de plume étouffer la décence.

Affife dans ce Cirque où viennent tous les rangs
Souvent bâiller en Loge, à des prix différens,
Cloris n'est que parée, & Cloris fe croit belle;
En vêtemens legers l'or s'eft changé pour elle;
Son front luit, étoilé de mille diamans;
Et mille autres encore, effrontés ornemens,
Serpentent fur fon fein, pendent à fes oreilles;
Les arts, pour l'embellir, ont uni leurs merveilles :
Vingt Familles enfin couleroient d'heureux jours,
Riches des feuls tréfors perdus pour fes atours.
Malgré ce luxe affreux & fa fierté févère,
Cloris, on le prétend, fe montre populaire;
Oui : dépofant l'orgueil de fes douze quartiers,
Madame, en fes amours, déroge volontiers :
Indulgente beauté, Zelis la juftifie,
Zelis qui, par bon ton, à la Philofophie
Joint tous les goûts divers, tous les amufemens,
Rit avec nos penfeurs, penfe avec fes Amans,
Enfant Sophifte, au fond coquette Pédagogue;
Qui gouverne la mode; à fon gré met en vogue
Nos petits vers lâchés par gros in-octavo,
Ou ces Drames pleureurs qu'on joue incognito;
Protège l'univers, & rompue aux affaires,
Fournit vingt Financiers d'importans Secrétaires,
Lit tout; & même fait, par nos Auteurs Moraux,
Qu'il n'eft certainement un Dieu, que pour les fots.

Parlerai-je d'Iris ? chacun la prône & l'aime ;
C'eſt un cœur, mais un cœur.... c'eſt l'humanité même : .
Si d'un pied étourdi quelque jeune Eventé
Frappe, en courant, ſon chien qui jappe épouvanté ;
La voilà qui ſe meurt de tendreſſe & d'alarmes ;
Un papillon ſouffrant lui fait verſer des larmes ;
Il eſt vrai : mais auſſi qu'à la mort condamné,
Lalli ſoit, en ſpectacle, à l'échaffaut traîné ;
Elle ira, la première, à cette horrible fête
Acheter le plaiſir de voir tomber ſa tête.

Dira-t'on qu'en des vers, à mordre diſpoſés,
Ma muſe prête aux grands des vices ſuppoſés ?

J'aurois pu te montrer nos Ducheſſes fameuſes,
Tantôt d'un Hiſtrion amantes ſcandaleuſes,
Fières de ſes ſoupirs obtenus à grand prix,
Elles-même aux railleurs dénonçant leurs maris ;
Tantôt, pour égayer leurs courſes ſolitaires,
Imitant noblement ces Graces mercenaires
Qui, par couples nombreux, ſur le déclin du jour,
Vont aux lieux fréquentés colporter leur amour ;
Contens d'un héritier, comme eux frêle & ſans force,
Les époux, très-amis, vivant dans le divorce ;
Vainqueurs des préjugés, les pères bienfaiſans
Du ſerrail de leurs Fils Eunuques complaiſans ;
De nouvelles Saphos, dans le crime affermies,
Epouſant nos Beautés ſous le titre d'amies,

Et de galans Marquis , Philosophes parfaits ,
En petite Gomorre érigeant leur Palais.

Mais la corruption , à son comble portée ,
Dans le cercle des Grands ne s'est point arrêtée ;
Elle infecte l'Empire , & les mêmes travers
Règnent également dans tous les rangs divers.

Il faut voir ce Marchand , Philosophe en boutique ,
Qui déclarant trois fois sa ruine authentique ,
Trois fois s'est enrichi d'un heureux déshonneur ,
Trancher du Financier , jouer le grand Seigneur :
Monsieur , pour ses amis , entretient une Actrice ;
Madame , des beaux-Arts bourgeoise Protectrice ,
En Couvent d'esprits-forts transforme sa maison
Et fait de son comptoir un Bureau de raison.
Par-tout s'offre l'orgueil & le luxe & l'audace ;
Orgon , à prix d'argent , veut annoblir sa race :
Devenu Magistrat de mince roturier ,
Pour être un jour Baron , il se fait Usurier :
Jadis , son Clerc , Mondor envioit son partage ;
Tout-à-coup , des Bureaux secouant l'esclavage ,
Il loge sa molesse en un riche Palais
Et derrière un char d'or promenant trois valets ,
Sous six chevaux pareils ébranle au-loin la rue ;
Mais sa fortune , Ami , comment l'a-t-il accrue ?
Il a vendu sa femme , & ce couple abhorré ,
Enveloppé d'opprobre , est pourtant honoré,

Hé! quel frein contiendroit un vulgaire indocile
Qui fait , grace aux Docteurs du moderne Evangile ,
Qu'envain le pauvre espère en un Dieu qui n'est pas;
Que l'homme tout entier est promis au trépas?
Chacun veut de la vie embellir le passage;
L'homme le plus heureux est aussi le plus sage ;
Et depuis le vieillard qui touche à son tombeau,
Jusqu'au jeune homme , à peine échappé du berceau ,
A la Ville , à la Cour , au sein de l'Opulence ,
Sous les affreux lambeaux de l'obscure Indigence ,
La Débauche au teint pâle , aux regards effrontés ,
Enflamme tous les cœurs , vers le crime emportés :
C'est envain que, fidèle à sa vertu première ,
Louis instruit aux mœurs la Monarchie entière;
La Monarchie entière est en proie aux Laïs ;
Leurs vices sont les Dieux qu'encense mon Pays ;
Et la Religion , mère désespérée ,
Par ses propres Enfans sans cesse déchirée ,
Dans ses Temples déserts pleurant leurs attentats,
Le pardon sur la bouche , envain leur tend les bras ;
Son culte est avili , ses loix sont profanées :
Dans un cercle brillant de Nymphes fortunées
Entens ce jeune Abbé : Sophiste-bel-esprit ,
Monsieur fait le procès au Dieu qui le nourrit;
Monsieur trouve plaisans les feux du Purgatoire ;
Et pour mieux amuser son galant auditoire ,

Mêle aux tendres propos ses blasphêmes charmans ;
Lui prêche de l'amour les doux égaremens ;
Traite la piété d'aveugle fanatisme
Et donne, en se jouant, des leçons d'Athéisme.

Voilà donc, cher Ami, cet âge si vanté,
Ce Siècle heureux des Mœurs & de l'Humanité :
A peine des vertus l'apparence nous reste ;
Mais détournant les yeux d'un tableau si funeste,
Eclairés par le goût, envisageons les Arts :
Quel désordre nouveau se montre à nos regards !
De nos Pères fameux les Ombres insultées ;
Comme un joug importun, les règles rejettées ;
Les genres opposés bisarrement unis ;
La nature, le vrai de nos Livres bannis ;
Un desir forcené d'inventer & d'instruire ;
D'ignorans Ecrivains, jamais las de produire ;
Des brigues ; des Partis l'un à l'autre odieux ;
Le Parnasse idolâtre adorant de faux Dieux ;
Tout me dit que des Arts la splendeur est ternie.

Fille de la Peinture & sœur de l'Harmonie,
Jadis la Poésie, en ses pompeux accords,
Osant même au néant prêter une ame, un corps,
Egayoit la raison de riantes images ;
Cachoit de la vertu les préceptes sauvages
Sous le voile enchanteur d'aimables fictions ;
Audacieuse & sage en ses expressions,

Pour cadencer un vers, qui dans l'ame s'imprime,
Sans appauvrir l'idée, enrichiſſoit la rime ;
S'ouvroit par notre oreille un chemin vers nos cœurs,
Et nous divertiſſoit, pour nous rendre meilleurs.
Maudit ſoit à jamais le pointilleux Sophiſte
Qui le premier nous dit en proſe d'Algébriſte :
Vains Rimeurs, écoutez mes ordres abſolus ;
Pour plaire à ma raiſon, penſez ; ne peignez plus.
Dès-lors la Poéſie a vu ſa décadence ;
Infidelle à la rime, au ſens, à la cadence,
Le compas à la main, elle va diſſertant ;
Apollon ſans pinceaux n'eſt plus qu'un lourd pédant.
C'étoit peu que, changée en biſarre Furie,
Melpomène étalât ſur la Scène flétrie,
Des Romans fort touchans ; car à peine l'Auteur,
Pour emporter les morts, laiſſe vivre un Acteur ;
Que ſoigneux d'évoquer des Revenans affables,
Prodigue de combats, de marches admirables,
Tout Poëte moderne, avec pompe aſſommant,
Fît d'une Tragédie un Opéra charmant ;
La Muſe de Sophocle, en robe doctorale,
Sur des treteaux ſanglans profeſſe la morale :
Là, ſouvent un Sauvage, orateur apprêté,
Auſſi bien qu'Arouet, parle d'humanité :
Là, des Turcs amoureux ſoupirant des maximes,
Débitent galamment Séneque mis en rimes :

Alzire au défespoir, mais pleine de raifon ;
En invoquant la mort, commente le Phédon :
Pour expirer en forme, un Roi, par bienféance,
Doit exhaler fon ame avec une fentence ;
Et chaque Perfonnage, au théâtre produit,
Héros toujours foufflé par l'Auteur qui le fuit,
Fût-il Scythe ou Chinois, dans un Traité fans titre,
Par Signe interrogé, vous répond par Chapitre.

Thalie a de fa fœur partagé les revers :
Peindre les mœurs du temps eft l'objet de fes vers ;
Mais laffe d'un emploi que le Goût lui confie,
Apôtre larmoyant de la Philofophie,
Elle fuit la Gaité qui doit fuivre fes pas
Et d'un mafque tragique enlaidit fes appas.
Tantôt c'eft un rimeur, dont la mufe étourdie,
Dans un Conte annobli du nom de Comédie,
Paffe, en dépit du goût, du touchant au bouffon,
Et marie une farce avec un long fermon :
Tantôt c'eft un grimaud, dont le démon terrible,
Pleure éternellement dans un Drame rifible :
Que dis-je ? Ofer blâmer un Drame, un Drame enfin !
La Comédie eft belle & le Drame eft divin :
Pour moi j'y goûte fort, car j'aime la nature,
Ces héros villageois, beaux-efprits fous la bure,
Et j'approuve l'auteur de ces Drames diferts
Qui ne s'abaiffe point jufqu'à parler en vers :

Un vers coûte à polir & le travail nous pèfe;
Mais en profe du moins on eft fot à fon aife.
Par-tout le même ton : chaque Mufe en fes chants,
Aux dépens du vrai goût fait la guerre aux méchans:
Le plus lourd Chanfonnier de l'Opéra-Comique
Prête à fon Apollon un air philofophique,
Et des vers font charmans, fi peu qu'ils foient moraux.
   Mais de la Poéfie ufurpant les pinceaux,
Et du nom des vertus fanctifiant fa profe,
Par la pompe des mots l'Eloquence en impofe :
Que d'Orateurs guindés qui fe difent profonds
Se tourmentent fans fin, pour enfanter des fons!
Dans un livre où Thomas rêve, comme en extafe,
Je cherche un peu de fens & vois beaucoup d'emphafe.
Un plaifant, des dévôts Zoïle envenimé,
Qui nous vend, par effais, le menfonge imprimé,
Des oppreffeurs fameux développant les trames,
Met, pour mieux l'annoblir, l'Hiftoire en Epigrammes:
Chaque genre varie au gré des Ecrivains
Et ne connoît de loix, que leurs caprices vains.
   Sans doute le refpect des antiques Modèles
Eût, au Vrai ramené les Mufes infidelles:
Eux feuls, de la nature imitateurs conftans,
Toujours lus avec fruit, font beaux dans tous les temps:
Heureux qui, jeune encore, a fenti leur mérite!
Même, en les furpaffant, il faut qu'on les imite :

Mais les Sages du jour ou de fiers novateurs,
De leur goût corrompu partifans corrupteurs,
Ne pouvant les atteindre, ont degradé leurs Maîtres;
Et protecteurs des fots flétris par nos ancêtres,
O de la fympathie inévitable effet!
Ils vengent les Cotins des affronts du fifflet.

Voltaire en foit loué! chacun fait au Parnaffe
Que Malherbe eft un fot & Quinaut un Horace.
Dans un long Commentaire il prouve longuement
Que Corneille par fois pourroit plaire un moment.
J'ai vu l'enfant gâté de nos penfeurs fublimes,
La Harpe, dans Rouffeau trouver de belles rimes;
Si l'on en croit Mercier, Racine a de l'efprit;
Mais Perraut, plus profond, Diderot nous l'apprit,
Perraut, tout plat qu'il eft, pétille de génie:
Il eut pû travailler à l'Encyclopédie.
Boileau, correct Auteur de Libelles amers,
Boileau, dit Marmontel, tourne affez bien un vers;
Et tous ces Demi-dieux que l'Europe en délire
A depuis cent hivers l'indulgence de lire,
Vont dans un jufte oubli retomber déformais,
Comme de vains Auteurs qui ne penfent jamais.

Quelques vengeurs pourtant, armés d'un noble zèle,
Ont de ces Morts fameux époufé la querelle:
De-là, fur l'Hélicon, deux Partis oppofés
Règnent, & l'un par l'autre à l'envi déprifés,

Tour-à tour s'adreffant des volumes d'injures,
Pour le trône des Arts, combattent par brochures :
Mais plus forts par le nombre & vantés en tous lieux,
Les Corrupteurs du goût en paroiffent les Dieux :
Si Clément les profcrit ; La Harpe les protège.
Eux feuls peuvent prétendre au rare privilège
D'aller au Louvre, en corps, commenter l'Alphabet ;
Grammairiens-Jurés, immortels par brevet :
Honneurs, richeffe, emplois, ils ont tout en partage,
Hors la faine raifon que leur bonheur outrage ;
Et le Public efclave obéit à leurs loix :
Mille Cercles favans s'affemblent à leur voix :
C'eft dans ces tribunaux galans & domeftiques
Que parmi vingt Beautés, Bourgeoifes empyriques,
Diftribuant la gloire & péfant les écrits,
Ces fiers Inquifiteurs jugent les Beaux-Efprits.
O malheureux l'Auteur dont la plume élégante
Se montre encor du goût fage & fidelle amante ;
Qui rempli d'une noble & conftante fierté,
Dédaigne un nom fameux, par l'intrigue acheté,
Et n'ayant, pour prôneurs, que fes muets ouvrages,
Veut, par fes talens feuls, enlever les fuffrages !
La faim mit au tombeau Malfilâtre ignoré ;
S'il n'eût été qu'un fot, il auroit profpéré :
Trop fortuné celui qui peut avec adreffe
Flatter tous les partis que gagne fa foupleffe ;

De peur d'être blâmé, ne blâme jamais rien;
Dit Voltaire un Virgile, & même un peu chrétien,
Et toujours en l'honneur des tyrans du Parnasse,
De Madrigaux en prose allonge une Préface:
Mais trois fois plus heureux le jeune-homme prudent
Qui de ces Novateurs enthousiaste ardent,
Abjure la raison, pour eux la sacrifie;
Soldat sous les drapeaux de la Philosophie.
D'abord, comme un prodige, on le prône par-tout:
Il nous vante! en effet c'est un homme de goût:
Son chef-d'œuvre est toujours l'écrit qui doit éclorre;
On récite déjà les vers qu'il fait encore:
Qu'il est beau de le voir, de dinés en dinés,
Officieux Lecteur de ces vers nouveaux nés,
Promener chez les Grands sa Muse bien nourrie!
Paroit-il; on l'embrasse: il parle; on se récrie:
Fût-il un Durofoy, tout Paris l'applaudit;
C'est un Auteur divin; car nos Dames l'ont dit:
La Marquise, le Duc, pour lui tout est Libraire;
De riches pensions on l'accable; & Voltaire
Du titre de Génie a soin de l'honorer
Par Lettres, qu'au Mercure il fait enrégistrer.
    Ainsi, de nos tyrans la Ligue protectrice
D'une gloire précoce enfle un rimeur novice:
L'Auteur le plus fécond, sans leur appui vanté,
Travaille dans l'oubli pour la postérité;

Mais

Mais par eux, sans rien faire, un fat nous en impose ;
Turpin n'est que Turpin, Suard est quelque chose.

O combien d'Ecrivains languiroient inconnus,
Qui, du Pinde Français illustres Parvenus,
En servant ce parti, conquirent nos hommages !
L'encens de tout un peuple enfume leurs Images :
Eux-même avec candeur se disant immortels,
De leurs mains tour-à-tour se dressent des autels :
Sous peine d'être un sot, nul plaisant téméraire
Ne rit de nos amis & sur-tout de Voltaire.
On auroit beau montrer ses vers tournés sans art,
D'une moitié de rime habillés au hasard,
Seuls, & jettés par ligne exactement pareille,
De leur chûte uniforme importunant l'oreille,
Ou, bouffis de grands mots qui se choquent entr'eux,
L'un sur l'autre appuyés, se traînant deux à deux ;
Et sa prose frivole, en pointes aiguisée,
Pour braver l'harmonie, incessamment brisée :
Sa prose, sans mentir, & ses vers sont parfaits ;
Le Mercure trente ans l'a juré par extraits :
Qui pourroit en douter ? Moi ! cependant j'avoue
Que d'un rare savoir à bon droit on le loue ;
Que ses chefs-d'œuvres faux, trompeuses nouveautés,
Etonnent quelquefois par d'antiques beautés ;
Que par ses défauts même il sait encor séduire :
Talent qui peut absoudre un siècle qui l'admire.

B

Mais qu'on m'ose prôner des Sophistes pesans,
Apostats effrontés du goût & du bon sens :
Saint-Lambert, noble Auteur dont la Muse pédante
Fait des vers fort vantés par Voltaire qu'il vante ;
Qui du nom de Poëme ornant de plats Sermons,
En quatre Points mortels a rimé les Saisons ;
Et ce vain Beaumarchais, qui trois fois avec gloire,
Mit le Mémoire en Drame & le Drame en Mémoire ;
Et ce lourd Diderot, Docteur en style dur,
Qui passe pour sublime, à force d'être obscur ;
Et ce froid d'Alembert, Chancelier du Parnasse,
Qui se croit un grand Homme & fit une Préface ;
Et tant d'autres encor dont le Public épris,
Connoît beaucoup les noms & fort peu les écrits ;
Alors, certes alors ma colère s'allume,
Et la vérité court se placer sous ma plume.

Ah ! du moins par pitié s'ils cessoient d'imprimer,
Dans le secret, contens de proser, de rimer ;
Mais de l'humanité maudits Missionnaires,
Pour leurs tristes Lecteurs ces Prêcheurs n'en ont guères :
La Harpe est-il bien mort ? Tremblons ; de son tombeau
On dit qu'il sort armé d'un Gustave nouveau ;
Thomas est en travail d'un gros Poëme épique ;
Marmontel enjolive un Roman poétique ;
Et même Dufosoy, fameux par des Chansons,
Met l'Histoire de France en Opéras-Bouffons :

Tout compofe ; & déjà de tant d'Auteurs manœuvres
Aucun n'eft riche affez , pour acheter fes œuvres.

Pour moi qui démafquant nos Sages dangereux ,
Peignis de leurs erreurs les effets défaftreux ;
L'Athéifme en crédit ; la Licence honorée
Et le Lévite enfin brifant l'Arche facrée ;
Qui retraçai des Arts les malheurs éclatans ,
Les ligues , le pouvoir des Novateurs du temps
Et leur fureur d'écrire & leur honteufe gloire
Et de mon fiècle entier la déplorable hiftoire
J'ai vu les maux , promis à ma fincérité
Et devant craindre tout , j'ai dit la vérité.
Oh ! fi ces vers , vengeurs de la caufe publique ;
Qu'approuva de Beaumont la piété ftoïque ,
Portés par fon fuffrage , auprès du trône admis ,
Obtiennent de mon Roi quelques regards amis ;
S'il prête à ma faibleffe un bras qui la foutienne ;
On verra de nouveau ma Mufe citoyenne
Flétrir ces Novateurs que pourfuivront mes cris ;
Ils ne dormiront plus . . . . qu'en lifant leurs écrits.

N.

www.ingramcontent.com/pod-product-compliance
Lightning Source LLC
Chambersburg PA
CBHW070913200626
46818CB00006BA/2510